작가의 고양이들

Les chats de l'écrivaine

Les chats de l'écrivaine

by Muriel Barbery

and illustrated by Maria Guitart

ⓒ Éditions de l'Observatoire / Humensis, Paris, 2020

Korean Translation Copyright ⓒ Mujintree, 2022

All rights reserved.

This Korean edition published by arrangement with Humensis(Paris) through Bestune Korea Agency., Seoul.

작가의 고양이들

Les chats de l'écrivaine

글 **뮈리엘 바르베리**
그림 **마리아 기라르**
번역 **백선희**

mu∫intree
뮤진트리

나의 페피토에게
카롤 아르미타주에게

나의 가족에게
야생성을 지키고 미소를 간직해준
마틸다와 알렉스에게

이 책을 바칩니다.

처음부터 확실하게 해두고 싶어요. 우리는 우리 작가를 좋아한답니다. 좋은 사람이에요. 우리 밥때만큼은 절대 잊는 법이 없지요. 죽은 생쥐를 봐도 비명을 지르지 않아요. 술을 마시면(그럴 때가 드물진 않아요) 술병의 코르크 마개를 우리에게 던져주기도 해요(우리가 아페리티프 시간에 즐겨 하는 놀이 도구거든요). 우리 몸이 조금이라도 이상하다 싶으면 얼른 수의사에게 데려가고요. 우리는 우리 작가를 정말 좋아해요.

그래도 아닌 건 아닌 거죠.

분명히 말하겠는데 우리가 없었으면 우리 작가는 지금의 작가가 되지 못했을 겁니다. 더 나빠졌을지 좋아졌을지는 잘 모르겠지만 어쨌든 지금과는 달랐을 거예요. 왜냐고요? 우리가 말은 안 해도 견줄 데 없는 문학 자문위원들이기 때문이랍니다.

고양이가 무슨 문학 자문위원이냐고 생각하시겠지만 (그러시는 게 당연합니다만) 얘기를 시작해볼게요.

작가의 고양이들

먼저 우리 종족부터 소개할게요. 우리는 샤르트뢰[1] 고양이 네 마리랍니다. 털은 회색이고, 눈동자는 오렌지색이죠. 작가의 절친이 우리를 처음 보고는 이렇게 말하더군요. 벽하고 참 잘 어울리네.

---

1) 프랑스 샤르트뢰 수도원에서 살던 프랑스 토종 품종인데 샤트룩스라는 영어식 이름으로도 불린다.

작가의 고양이들

　우리는 시골집에서 삽니다. 벽은 두더지처럼 회색이고요, 소파는 갈색, 쿠션은 오렌지색이에요. 집 한쪽 끝에 작가의 작업실이 있고요, 다른 쪽엔 작가 남편의 음악 스튜디오가 있지요. 가끔 두 사람은 가운데에서, 다시 말해 부엌에서 만난답니다. 부엌 붙박이장은 회색이고, 행주는 오렌지색이에요.

내 이름은 키린이고, 나이는 네 살이에요. 페트뤼스는 제 동생이고, 다른 둘, 그러니까 오차(수컷)와 미즈(암컷)는 저보다 네 살 많은 남매랍니다. 저희는 모두 같은 사육장 출신이에요. 오차와 미즈의 아버지는 나와 페트뤼스의 여러 할아버지 중 한 명이에요. 우리는 잘 통해요. 어쨌든 한가족이니까요. 그렇지만 개성도 매우 다르고 성깔도 제각각이지요.

저희 대장은 오차예요. 오차는 일본말로 '차茶'를 뜻하지요. 우리 작가는 일본을 좋아해요. 일본에서 산 적이 있거든요. 가끔 일본에 가기도 해요. 작가가 일본 얘기를 할 때는 목소리가 꼭 트레몰로 주법처럼 파르르 떨리듯 들려요. 우전차를 어마어마하게 마시는데, 해놓은 작업이 마음에 들면 특별히 고급 녹차인 교쿠로를 좀 마시기도 하지요. 다관과 잔과 숙우熟盂를 놀랄 만큼 많이 가지고 있어요. 어떤 건 차 마실 때 쓰고, 어떤 건 그저 관상용이지요. 그런 걸 와비사비[2]라고 하던데, "소박하고 튀지 않는" 미학적 스타일을 표현하는 일본 개념이라나요. 개인적으로 내 눈엔 그다지 볼품 있어 보이진 않아요. 나는 금박을 입히고 분홍 나비가 그려진 영국 도자기가 더 좋지만, 이건 뭐 다른 주제니까 그냥 넘어가기로 해요.

---

[2]   일본어 와비(わび·侘)는 단순하며 본질적인 것을, 사비(さび·寂)는 오래되고 낡은 것을 뜻하며, 묶어서 와비사비라고 한다.

작가의 고양이들

오차는 보통의 샤르트뢰 고양이보다 훨씬 크고 힘도 세요. 수컷인데 꼭 암컷처럼 가르랑거리고 애교 넘치게 야옹거리는 다정한 냥냥이지요. 여덟 살이라 온종일 쥐를 쫓아 달리는 일은 그만둔 지 오래예요. 밥때나 기다리며 난로 앞에서 낮잠 때리는 걸 좋아하고, 습식사료 한 입 때문에 형제든 남매든 뮤지션이든 작가든 다 죽이고도 남을 녀석이지요. 뭐 놀랄 일도 아니죠. 샤르트뢰 고양이는 식탐이 많기로 유명하잖아요. 그렇다고 우리 묘생의 낙과 쾌락주의를 비난하지는 말아주세요.

　권위 체계에 따라 소개하자면 오차 다음은 오차의 여동생 미즈예요. 미즈는 기형으로 태어나서 우리 작가가 안쓰러워하지요(게다가 우리 작가의 소설에는 항상 장애가 있는 인물이 등장한답니다). 앞발 두 개가 짧고 뒤틀렸어요(옆에서 보면 마치 지도를 기울여 놓은 것 같지요). 몸집은 작지만 민첩해서 꼭 족제비처럼 걸어요. 이런 고양이를 먼치킨이라고 부르는 모양이더라고요. 모든 종에서 발생할 수 있는 유전적 돌연변이라나요. 그런데 그 때문인지 확실히 인간과 소통하는 능력도 남다른 것 같아요. 우리 작가는 아침마다 오른쪽 엉덩이에 착 달라붙은 미즈와 함께 작업하면서 끝없이 얘기를 늘어놓지요.

작가의 고양이들

오차처럼 미즈도 이 집 밥을 잘 먹긴 하지만, 그게 주된 관심사는 아니에요. 미즈가 세상에서 가장 싫어하는 건 누가 자기 화단에 발을 들이미는 거예요. 미즈가 코 골며 자고 있는 소파나 긴 의자 쿠션에는 절대 발을 디밀지 마세요. 미즈는 자기 사유지에 대해서만큼은 절대 장난치지 않는 영토 수호주의자예요. 근처를 지나갈 때는 멀리 돌아가거나 "그냥 지나갈게요" 하고 깃발이라도 흔들어야 해요. 그렇지만 힘들 때는 언제나 미즈에게 기댈 수 있지요. 산이라도 들어 옮길 수 있을 만큼 능력 있는 고양이거든요. 미즈가 없었더라면 아마 여러분이 이 글을 읽는 일도 없었을 거예요. 아 참, 깜빡했네요. 아직 분위기를 파악하지 못한 분이 있을지 모르니, 미즈는 일본말로 '물'이라는 뜻이에요. '찻물', 아시겠지요?

세 번째는 페트뤼스, 제 동생이지요. 우리가 다 성깔이 제각각이라고 말했는데, 페트뤼스는 예외예요. 페트뤼스는 성깔이라곤 없고 항상 기분이 좋아요. 먹을 걸 주면? 기분 좋죠. 먹을 걸 안 주면? 그래도 기분 좋아요. 춥거나 덥거나 문이 닫혔거나 열렸거나? 아무 문제가 없어요. 어쩌면 이름 때문인지도 몰라요. 우리 작가의 한 작품에 나오는 인물의 이름인데, 삶을 좋은 쪽으로만 바라보는 아주 호감형 알코올중독자 엘프의 이름이거든요. 페트뤼스 와인[3], 아시지요? 우린 일본을 떠나와서도 술은 계속 마시고 있죠. 그런데 페트뤼

스는 성깔은 없어도 취향은 있어요. 우리 넷 중에서 가장 섬세한 고양이죠. 페트뤼스가 세상에서 가장 좋아하는 게 꽃이거든요.

---

3) 페트뤼스는 보르도 지역의 최고급 와인 이름이다.

페트뤼스는 정원에서 꽃향기를 맡으며 몇 시간이고 지낼 수 있어요. 발로 꽃을 살포시 만지고 꽃밭에서 뒹굴죠. 꽃을 조심스레 불어보기도 해요. 가끔은 꽃잎을 따서 씹어보기도 하고요. 물론 우리 작가는 이 모든 걸 바라보며 행복해하지요. 서재 한쪽엔 꽃에 관한 책이 가득한데, 고양이가 거기서 라벤더에 관한 책을 하나 끄집어내는 모습을 상상해보세요! 우리 작가는 꽃꽂이며 야생화와 약초에 관한 백과사전이라면 환장하는데, 지금은 더구나 시골집에 사니까 진짜 꽃들을 세심히 가꾸고 있지요. 일본, 정원, 장미를 좋아하는 고양이. 대략 일관성이 좀 보이지요?

그리고 저, 키린이 있지요. 혹시 모르신다면, 키린은 일본 맥주 이름이에요. 역시나 일관성 있죠. 우리 작가와 작가의 남편은 일본에 가면 맥주를 엄청 마셔요(사케도 꽤 많이 마시죠). 이것이 제 이름을 설명해주는 이유지만, 한 가지 이유가 더 있어요. 제가 좀 많이 예쁘거든요. 우리 작가의 한 남자 절친이 어느 날 이렇게 말하기도 했다니까요. 이 고양이는 정말 동글동글하고 부드럽고 완전 회색에 매혹적이며 우아하고 눈동자도 오렌지색이고 콧수염은 비단처럼 매끄러워서 내 마음에 쏙 드는 예쁜이야. 이때부터 사람들이 종종 저를 예쁜이라 부르는 바람에 저는 치명적 미모 증후군을 앓고 있지 뭐예요. 사람들이 날 덜 예뻐하게 되면 어쩌지? 내일이라도 날 외면하면 어쩌지?

세상의 모든 고양이가 그렇듯이 우리 역시 사냥하고, 자고, 먹고 또 자며 하루를 보내지요. 밖으로 나가려고 야옹 울고, 일단 밖에 나가면 들어오려고 야옹 울어요. 그리고 배변통이 있거나 말거나 바깥 자갈길 한가운데다 볼일을 보죠(은밀한 지하를 선호해서 와인 선반 밑에다 볼일을 보는 나만 빼고요). 우리는 호의를 표시하려고 죽은 생쥐를 복도 마룻바닥에 갖다 놓기도 해요. 밤에 우리 주인들이 화장실에 가려고 어둠 속에서 맨발로 지나는 곳에 말이지요. 우리는 항상 주인들이 앉거나 일하고 싶어 하는 곳에 자리를 잡아요. 그리고 코에 잼이 잔뜩 묻었는데도 모든 범죄를 딱 잡아떼고요.

요컨대, 세상의 모든 고양이처럼 우리도 작가와 뮤지션의 집에서 행복한 나날을 보냈을 겁니다. 이 낙원에 가시만 없었더라면 말이지요. 네, 제대로 알아들으신 겁니다. 우리는 보통 고양이가 아니라, 잘 믿기지 않겠지만, 진짜배기 문학 자문위원이고, 바로 이 특별한 점 때문에 우리에겐 권리가 있는 겁니다. 사료가 주는 평화는 우리를 잠재우고 매수하려는 눈속임일 뿐이에요. 그러나 우리도 더는 입 다물고 있을 수가 없네요.

먼저, 우리의 경우가 유일한 사례일지 생각해보았어요. 모든 작가가 고양이를 곁에 두고 있는데(우리가 아는 한 그래요) 제 몫을 요구한 고양이는 없었거든요. 그래서 검색을 좀 해보았어요. 그러나 역시 보들레르의 고양이, 단순한 고양이 이상이었던 것으로 의심되는(결정적인 증거는 없지만요) 티베르만 빼고, 우리가 검색한 자료에서 우리 같은 사례는 없더라고요.

　그래서 확신을 갖고 우리는 동지가 될 인간을 찾았어요. 잠재적인
후보를 결정하기 위해 미즈가 특별위원회를 소집했지요.

　후보는 세 명이었어요.

우리 작가와 함께한 지 오래된 출판사 대표(20년 전에 우리 작가를 발견했고, 지금은 절친이 된 인물이죠)는 수염 텁수룩한 얼굴로 잘 웃고 일도 열심히 하지만 소속 저자들의 지하저장고를 비우는 데도 열성이기로 유명해요. 근처에 살아서 이 집에 자주 오는 바람에 우리도 이 인간을 좀 알게 되었죠. 우선 보기에 이 사람은 이상적인 후보예요. 글 쓰는 일의 특성을 누구보다 잘 아는 사람이니까요. 게다가 아주 재미난 남자예요. 물어뜯을 듯이 매서우면서도 온정 넘치는 묘한 인물로 나를 깔깔 웃게 만들지요. 세련된 사람들이 말하듯이 "마지막 남은, 그러나 여전히 멋진" 호인이면서 탁월한 요리사여서 우리 작가가 정기적으로 마요네즈를 만들어달라고 청할 정도예요 — 한두 차례 송로버섯을 (대충 집히는 대로) 집어넣기도 하니 쾌락주의자의 마요네즈라 할 수 있죠. 이 모든 걸 보면 (건강한 몸에 건강한 정신을 겸비한) 이 남자를 우리 편이라고 생각할 수도 있을 법한데요.

그런데 딱하게도 이 작자는 고양이에 아무 관심이 없고 호감도 못 느낀답니다. 우리 작가가 우리에게 쏟는 미친 사랑을, 말할 줄 아는 존재에게 하듯 우리에게 말을 하는 열성을 볼 때마다 이 사람은 적잖이 당혹해하죠. 하긴 그 당혹감도 부브레 샴페인 한 잔이면 금세 녹아버리긴 해요. 하지만 분명히 말하지만, 이 사람 눈에 우리는 그저 털북숭이 분자 덩어리일 뿐이지요. 우리를 위해 손가락 하나 까딱하지 않을 인간이에요.

　물론 우리 작가의 남편도 있어요. 우리 작가의 작업 일상을 출판사 대표보다 잘 아는 사람이죠. 하지만 우리가 우리 입장이 정당하다고 아무리 믿어 봤자 소용없어요. 이 남편한테 연민을 기대할 수는 없어요. 작가를 견디고 있는 것만도 이미 대단한걸요. 시시때때로 작가의 저기압도 받아줘야 하고, 그저 자기 작업이 만족스럽지 못하다는 이유로(하지만 한 번도 털어놓고 말하진 않아요) 쏟아내는 고약한 투덜거림까지 감내해야 하는 풀타임 상근직이거든요. 두 사람의 대화를 몇 번만 들어보면 제 말이 믿길 테고, 왜 저 성가신 여자의 코앞에서 문을 꽝 닫고 나가지 않을까 싶을 거예요. 정말이지 인내심에 얼굴이란 것이 있다면, 아마 이 남편의 얼굴과 똑같을 겁니다. 그러니 이분에게 우리 투쟁에 함께해달라는 부담까지 안길 수는 없지요.

그리곤 미누가 있어요. 미누는 우리 작가의 친구인 작가예요. 동물의 입장을 옹호하는 인간이지요. 우리 집 근처 시골에 사는데 노아의 방주를 하나 가지고 있어요. 거기엔 온갖 종류의 동물이 있지요. 털 없는 (분홍색) 고양이 한 마리, 돼지 한 마리, 스패니시 그레이하운드(망아지만 해요) 한 마리와 난쟁이 양 몇 마리까지 있답니다. 미누는 채식주의자예요. 가끔 우리 주인들이 일본에 가면 우리를 보살피러 와요(본인도 갈 때가 아니라면 말이죠). 출판사 대표(미누의 책도 이 출판사에서 나와요)와 달리 미누는 고양이라면 사족을 못 써요. 바로 그래서 우리 작가가 그에게 미누[4]라는 별명을 붙인 거죠.

---

4) 프랑스어로 '새끼 고양이'를 뜻한다.

맞아요. 미누는 좋은 사람이에요. 근데 딱하게도 좀 둔해요. 제가
아무리 귀에 대고 우리 주장을 야옹거려도 이 사람은 그저 바보처럼
웃기만 하고 머리를 긁적이며 말하지요. 이 아이는 정말 귀여워. 그
리고 말도 많네. 게다가 동물의 입장을 옹호한다 해도 결국은 우리
를 동물로 여기는 인간인지라 이 사람이 우리 동맹에 합류하는 건
오차가 밥그릇 뒤에 떨어져 산패한 사료 한 알을 포기하는 것만큼이
나 가능성 없는 일이에요.

바로 본론으로 좀 들어가면 안 되나? 이쯤 되면 여러분은 아마 이런 생각을 하시겠지요? 그러실 만해요. 그러니 이제 장면을 좀 보여드리지요. 우리 작가는 거실 쪽으로 열리는 작은 방에서 작은 책상에 앉아 작업합니다. 페트뤼스와 내가 아직 태어나지 않았을 때는 작가가 푹신한 의자에 자리 잡고 있으면 오차와 미즈가 와서 노트 양옆에 엎드렸대요. 우리가 태어나자 넷이 같이 있기에는 책상이 너무 작아서 작가는 긴 의자를 장만했어요. 셋이서(인간 하나와 고양이 둘 말이죠) 편하게 앉을 수 있게요. 대개 미즈가 가장 먼저 작가의 오른쪽 엉덩이에 찰싹 달라붙어 앉고, 그리고 나면 우리 셋 중 하나가 (왼쪽 엉덩이에) 달라붙고, 나머지는 책상 위에 자리를 잡지요. 의도를 잘 파악해두세요. 우리 작가가 작업하는 동안 우리가 자기 곁에 머물 수 있도록 긴 의자를 구매했다는 것 말이에요.

최후의 심판일에 누구도 그것이 별 의도 없는 천진한 행동이었다고는 변론하지 못할 테니까요.

우리 작가는 아침 일찍 다섯 시에서 여섯 시 사이에 일어나서 뮤지션이 일어날 때까지 작업하는데, 남편은 아홉 시 전에 일어나는 경우가 드물고, 상태가 멀쩡할 때도 드물어요. 그런데 아침 식사 시간엔 그가 원하건 원치 않건, 작가의 아침 작업을 낱낱이 보고받을 권리를 누려야 해요. 세월과 더불어 남편은 딴생각하면서도 열성을 담아 고개를 끄덕이는 법을 터득했는데, 그게 항상 통하는 건 아니에요. 들킬 때면 우리 작가가 버럭 화를 내고, 아침 식사 시간은 고역으로 변하지요. 이 남자가 바라는 거라곤 그저 인간들의 땅에서 조금 평화를 누렸으면 하는 것뿐인데 말이지요. 어쨌든 우리 작가의 남편이 우리와 크게 다른 점은 작가가 글을 쓰는 동안 그 곁에 없다는 사실이에요. 그 곁에 있었더라면 그도 왜 우리가 화가 나 있고 그만 배를 버리고 떠날까 고심하는지 그 이유를 알 겁니다.

이미 말했지만, 아닌 건 아닌 거죠.

먼저, 사람들은 작가의 작업이란 게 얼마나 어려운 건지 잘 알지 못해요. 가끔 우리 작가는 미누와 함께 차를 마시며 한탄하곤 하죠. 난 절대 못 해낼 거야. 그러면 미누도 맞장구를 치지요. 나도. 그리고 둘은 차를 서너 주전자 마시는 동안 자기들 운명에 대해 서로 연민을 느끼지요. 얼마 후 미누가 어두운 표정으로 돌아가고 나면 우리 작가는 우리에게 침울한 눈길을 던지죠. 어려운 일이라는 건 우리도 잘 알아요. 게다가 왜 작가가 매일 아침 자기 남편에게 똑같은 말을 반복하는지도 알지요. 그저 이야기 한 편을 들려주는 거라면 쉬울 텐데.

그러면 되는 거 아냐? 하고 여러분은 생각하시겠죠. 근데, 글로 써야 하잖아요. 언어(이건 욕망과 회의가 잔뜩 실린 무시무시한 말이지요)에 공을 들여야 한다는 뜻이에요. 문체도 신경 써야 하기 때문에 더 괴롭지요(그러다 보면 불안과 공포가 엄습해오죠). 게다가 시적 정서까지 겸비해야 하고요(이건 뭐 지옥문이고요). 우리 작가는 마르셀 삼촌⁵⁾ 식으로 재미난 이야기를 들려주고 싶어 하면서 실은 전혀 딴판인 마르셀⁶⁾ 방식으로 온갖 복잡한 수식修飾을 동원해 기를 쓰고 이야기를 꾸미는 위선자예요. 쉬운 일이 아니라는 건 인정하지 않을 수 없는데요, 그래서 작가는 세 가지 난관을 겪는답니다.

---

5) 소설가이자 극작가, 영화감독이기도 한 마르셀 파뇰을 암시한다.
6) 《잃어버린 시간을 찾아서》의 저자 마르셀 프루스트를 암시한다.

첫째 난관은 좀쑤심이에요. 어떤 날 아침에 우리 작가는 중얼거리며 의자에서 몸을 비틀다가 일어나고 다시 앉아서 줄을 좍좍 긋기도 하고 연신 투덜거리며 다시 글을 쓰곤 하는데, 그런 식으로 회전목마 돌듯이 반복하다가 별안간 성질을 부리며 책상에 펜을 팽개친답니다. 바로 그때 우리가 무대에 들어섭니다. 미즈는 작가의 오른쪽 엉덩이에 몸을 찰싹 붙이고, 오차는 왼쪽에 눌러앉아 가르랑거리고, 페트뤼스는 작가의 자유로운 오른손 옆에 자리 잡지요. 저는 노트 위쪽에 우아하게 몸을 내려놓고는 작가의 눈을 똑바로 처다보며 꼬리를 부드럽게 살랑거리다가 손목을 슬쩍 건드려요(최후의 일격이죠). 그러면 작가는 무심코 저를 어루만지고, 페트뤼스의 등줄기를 쓰다듬으며 중얼거리죠. 나의 미즈, 그러다가 오차의 귀를 다독이기도 하고요. 예쁘기도 해라. 그러면 온 우주가 평온해집니다. 모든 게 진정되고 고요해지고 제대로 돌아가지요. 작가도 펜을 다시 쥐고 잠시 생각하다가 원고에 고개를 파묻고 뮤지션이 깰 때까지 평화롭게 작업을 한답니다.

작가가 겪는 두 번째 난관은 의구심이에요. 사실 글쓰기와 의구심은 같은 예술의 양면이지요. 이건 미누와 우리 작가가 즐겨 하는 토론 중 하나예요. 의구심의 증대, 의구심의 증폭, 의구심의 질주, 심지어 의구심의 십자가까지 들먹이며 말이죠. 이런 얘기가 시작되면 차 두 주전자는 족히 필요한데, 결국엔 자신들이 절대 해내지 못하리라고 확신하는 한탄으로 으레 이어지지요(차 두 주전자가 더 필요해요). 작가는 불가능한 직업을 선택한 변태적인 존재예요. 술 한 잔 홀짝이며 단어 맞추기나 하길 꿈꾸는데 영원히 만족하지 못하도록 운명 지워진 직업을 선택했으니 말입니다. 분명히 말하지만, 우리 작가의 좀쑤심을 가라앉히는 것도 일이지만, 그녀의 의구심에 맞서는 건 더 골치 아픈 일이에요. 어쩔 수 없이 우리는 불가피한 난관을 돌파해야 했어요.

　그래서 읽는 법을 배웠지요.

작가의 고양이들

읽는 법을 배웠다고! 당연히 놀라셨겠지만, 그건 그리 어렵지 않았어요. 우리 작가는 쓴 글을 큰소리로 읽곤 하는데, 영리한 미즈에게는 그걸 들으면서 동시에 작가가 써놓은 원고를 곁눈질하는 것만으로 충분했어요. 그러고 나서 미즈가 선생님이 되었죠. 오차와 페트뤼스와 나의 선생님 말이에요. 다음날 숙제도 꼭 검사하고 제3공화국 때처럼 벌까지 주는(숙제 안 한 학생에게 당나귀 모자를 씌우는 벌이요) 장난기 쏙 뺀 선생님이었어요. 어쨌든 우리는 작가가 써놓은 (한심한) 글을 읽고 해독할 줄 알게 되었지요. 대개 우리는 작가가 그날 쓴 원고를 컴퓨터에 입력하고 인쇄해서 다음 날 아침에 다시 읽으려고 책상 한가운데에 반듯하게 놓아두길 기다려요. 그리고 작가가 아침에 보면 그 글이 어떨지 번민하며 자는 동안, 우리는 밤새 그 글을 읽지요.

미즈가 그걸 한 페이지씩 입에 물고 넘기면 우리는 꼼꼼히 읽어요. 그런 후 논의하지요. 우리는 이런 글 토론을 아주 좋아해요. 열정적인 논쟁을 할 기회가 생기잖아요. 이를테면, 놀랄 일도 아니지만, 오차는 식사장면을 매혹적이라 생각하고, 미즈는 전투 이야기라면 다 좋아하고, 페트뤼스는 꽃이 있는 묘사라면 환장하고요, 저는 사랑 이야기를 좋아하지요. 그러나 우리는 객관성을 견지할 줄도 알아요. 각자 자기가 좋아하는 부분을 얘기하고 나면 일관성과 타당성, 텍스트의 서술 전개 등을 살피죠. 언어와 문체도 보고요. 이런 문제에서는 거의 언제나 의견이 일치해요. 우리가 회색 벽과 오렌지색 일본칠기 화병으로 둘러싸인 세상에서 사는 샤르트뢰 고양이들이기 때문일까요? 어쩌면 이것 또한 일관성의 문제인지도 모르겠군요.

진단이 끝났으면 행동으로 넘어가야죠. 다음 날 아침 우리 작가가 전날 작업한 것을 다시 읽을 때 미즈는 허술한 문장 위에 앉고, 페트뤼스는 무심히 꼬리를 빗자루처럼 사용해서 그 문장을 쓸고, 오차는 연신 야옹거리고, 저는 잘못된 페이지를 잘근잘근 물어뜯어요. 우리의 유별스러운 행동에 은근히 이끌려 작가의 주의력이 깨어나고 날카로워져서 작가는 자신 있게 냉철함을 발휘하며 다시 읽지요. 그러면 기적이 일어난답니다. 우리 작가는 밤새 자신을 괴롭히던 의구심의 목을 비틀어버리지요. 어느 날 작가가 퇴고를 아주 멋지게 끝내고 나서 나한테 이렇게 말한 적이 있어요. 진지한 척하지 말고 진지하게 일해야 해. 그때 나는 크게 웃었더랬죠. 자신이 누리는 만족감이 우리가 자기 일을 아주 진지하게 했기 때문이라는 사실을 작가가 알았다면 어쨌을까요!

불행히도, 훨씬 복잡하고 괴로운 세 번째 난관이 남아 있는데, 바로 부인否認이에요. 때때로 작가는 자기 글이 제대로 가고 있다고 믿고 싶어 하죠. 사실은 궤도에서 떨어지기 직전인 게 보이는데도 말이에요. 그게 잘 보일수록 부인하지요. 그건 작가라는 존재가 스스로 뭘 알고 싶어 하지 않는지를 매우 잘 아는 숙련된 정신분열증 환자이기 때문이에요. 이런 경우엔 강하게 충격을 안겨야 해서 우리는 특공대 대장 같은 영혼의 소유자 미즈를 대표로 출동시키지요. 평소에 쓰던 모든 방법이 통하지 않던 날, 미즈는 말했어요. 전시에는 전시에 맞게 행동해야 해. 그러곤 엉망인 문장들 위에 냅다 방귀를 뀌었답니다― 그렇습니다, 미즈는 시원하게 팡파레 소리를 울리며 원고에 방귀를 뀌었고, 눈에 띄는 흔적까지 남기고는 흡족한 얼굴로 꼬리를 흔들었지요. 우리 작가는 비명을 질렀어요. 그러곤 원고를 쥔 팔을 잠시 멀리 뻗었다가 우리 소대장의 검인이 찍힌 문장을 다시 읽더니 고개를 절레절레 저으며 중얼거렸죠. 여긴 정말 엉망이네.

우리가 자축의 악수를 나눌 수 있었다면 정말로 그랬을 겁니다.

우리의 대의를 지키기 위해 제가 내세우고 싶은 또 한 가지가 있습니다. 우리 작가에겐 또 다른 특징이 있어요. 편집증인데, 조금 특별한 편집증이에요. 선線에 강박증세를 보이지요. 텍스트의 문장이 아니라 시각적 선 말이에요. 따라서 우리 집엔 모든 게 시선의 균형을 고려해 배치되어 있어요. 가구, 벽에 걸린 그림, 앉은뱅이 탁자 위의 책들, 벽난로 위에 놓인 물건들, 심지어 장작 곳간에 있는 (절대로 난롯불에 넣으면 안 되는) 장작까지도 말이지요. 뮤지션이 가련한 (오렌지색) 쿠션 하나를 원래 있던 (회색) 소파에 갖다두지 않았다고 작가가 불호령을 내리는 장면을 보셔야 해요. 작가의 책상 위에도 모든 게 밀리미터까지 맞춰 놓여 있지요. 노트, 등, 장미 두 송이나 원산초 세 송이가 꽂힌 작은 일본산 화병, 원시 비너스 주물 조각, 만년필(흰색 하나, 검은색 하나, 빨간색 하나). 텍스트에도 똑같이 편집증 증세를 보여서 출판사 편집자들을 미치게 만들지 않을까 걱정이에요. 우리 작가가 서예작품들을 벽에 거는 것도 일종의 완벽주의 강박, 시각적 통제 망상, 완결에 대한 병적인 사랑 때문인 것 같아요. 그런 작품에서는 선 하나가 다른 선들과 완벽하게 거리를 지키는 것이 확연히 보이잖아요. 사람들이 이 병적인 완벽주의를 보고 놀라면 우리 작가

작가의 고양이들

는 그저 미소만 짓지요. 그렇지만 어느 날 저녁엔 내게 이렇게 말하더라고요. 키리네트, 이 부유하는 세상에서 아름다움과 조화만이 유일한 뿌리야.

사실 불만은 있었지만, 고백하건대 저를 속내를 털어놓는 친구로 대해줘서 기분은 좋았지요.

그런데, 아름다움이며 시각적 조화에 대해서라면 우리야말로 할 말이 많지요. 일상의 아름다움에 대해 얼마든지 얘기할 수 있을 뿐 아니라 우리는 아름다움에 율동까지 더하니까요. 우리는 공간 속에서 움직이는 서예작품처럼, 늘 움직이면서 한결같이 숭고한, 흠잡을 데 없는 선이죠. 유연한 아름다움과 사랑스러운 곡선을 갖춘 모습 그 자체만으로도 우리는 살아 있는 예술이고, 영감을 안기는 생체 재료이지요. 이 불완전한 세상을 가로지르며 지나는 항적마다 아름다움의 향기를 남기는 아름다움의 벡터 같은 존재죠.

게다가, 우리는 이른 아침 작가가 헝클어진 머리에 잠옷 차림으로 나타나 우리가 밤새 세심하게 점검해둔 (저녁에는 작가의 머릿속이 아주 명료한 상태가 아니어서 가끔 검은색 노트와 붉은색 펜 자리를 뒤집어 놓을 때도 있거든요) 만년필 정렬이며 노트 정렬을 맹수 같은 눈으로 살필 때 완벽하게 질서정연한 책상을 만날 수 있도록 언제나 신경 쓰지요. 그렇습니다, 우리는—지극히 겸손하게 말해—작가의 뻣뻣한 미학 세계의 영속성을 지켜주고, 변함없이 숭고한 서도書道가 중시되는 텍스트를 낳게 해줄 뿐 아니라 장식용으로도 탁월한 수호신이랍니다.

이 모든 점에서 이런 결론이 도출될 수밖에 없어요. 우리가 매일 사료 세 그릇과 몇 번의 무심한 어루만짐 말고는 어떤 보상도 받지 못한 채 착취당해 왔다는 겁니다. 우리 주인의 작업에 대한 우리의 기여를 사람들이 알까요? 우리의 호의와 전문성을 알까요? 작가의 내적 싸움에 대한 우리의 내밀한 이해를 알까요? 우리가 작가에게 안기는 영감을 알까요? 이 부유하는 세상에서 그녀가 말의 집을 세우는 공사를 할 때 우리는 굳건한 모래 역할을 해왔습니다.

그러니 괜히 에둘러 말할 것 없지요. 모든 노동엔 대가가 따라야 마땅하므로 우리는 우리 작가의 계좌에 정기적으로 들어오는 인세의 일부를 요구합니다. 합의된 인세율, 작가 저작권 관리협회 회비, 은행계좌가 명시된 계약서를 갖춰서 말이지요. 우리 이름 밑에는 "상기 명시된 문학 고문"이라는 직함을 반드시 적고 계약서 아래에는 우리 서명 🐾🐾🐾🐾까지 곁들여야겠지요. 인세를 받는 게 고양이들에게 무슨 득이 되냐고요? (당연히) 그렇게 물으시겠죠. 사실 그게 중요한 건 아니라고 대답하고 싶은 마음도 듭니다. 중요한 건 돈이 아니라 상징이니까요. 그늘에서 일하는 사람들에 대한 인정, 세상을 더 나은 곳으로 만드는 보이지 않는 사람들을 비추는 빛 말이지요. 대혁명을 일으킨 나라에서 작은 사람들의 노동을 무시하는 걸 못 본 척하고 살 순 없지요.

작가의 고양이들

이렇게 우리는 이 책이 우리의 노동조건을 고발하고 우리의 대의를 세상에 알리길 바랐습니다. 우리가 이걸 어떻게 썼냐고요? 당연히 호기심도 들겠지요. 진심을 쏟아 썼노라고 말하고 싶지만, 우리가 직접 쓰지는 않았음을 털어놓아야겠네요. 이번 겨울 어느 날 저녁, 우리 작가는 묘한 표정을 짓더니 제게 말하더군요. 예쁜아, 내가 뭘 알고 있는지 넌 상상도 못할 거야. 그날 밤 우리는 책상 한가운데 놓인 원고를 읽었지요. '작가의 고양이들'이라는 제목이 달려 있었어요. 그리고 결론적으로, 우리는 모두 이 글이 마음에 들었어요. 미즈는 말했지요. 와, 대박! 미즈가 그렇게 아연한 표정을 짓는 건 처음 보았어요. 페트뤼스는 깜짝 놀라서 재채기까지 하더니 말했어요. 난 장미보다 붓꽃을 좋아하는데. 그리고 오차는 중얼거렸죠. 산패한 사료라니, 아무 말이나 막 하네. 저는 상당히 자부심을 느꼈지요. 작가가 저를 화자로 선택했잖아요. 그러고 나서 우리는 조금 당황해서 서로를 바라보았어요. 그렇지만 어쨌든 중요한 건 모두가 한마음이었다는 거죠.

　　모두가 이 글을 좋아했어요.

이제 할 얘기는 다 했지만, 그래도 마지막으로 한 가지 덧붙여야 겠어요. 안 그러면, 여러분은 아마 이렇게 말하겠지요. 대체 이 시도의 의미가 뭐지? (우리 작가가 자기 소설에서 주장하듯이) 세상은 뿌리를 잃고 부유浮遊하고, 인류는 늙고 환상도 잃었으며, 종말이 가까워서 유일하게 남은 저항이 아름다움과 시뿐이라면, 우리는 단순히 작가의 문학 자문위원이 아니라 수호 토템이기도 한 겁니다. 우리는 성벽이고, 방패인 셈이지요. 고양이로서 고유의 시정詩情을 타고난 우리는 잘 보존된 순수이자 조화이며, 재앙이 이어져도 꿋꿋이 밤에 맞서는 천진난만함이라고 (감히) 주장합니다. 따라서 우리는 저작권뿐만 아니라, 후대 샤르트뢰 고양이 노동자들을 위해, 또한 콧수염 단 친구의 천진한 시를 내놓을 모든 이들을 생각해서 작가와 대등한 권리를 주장하는 바입니다.

작가의 고양이들

첫판 1쇄 펴낸날 2022년 12월 14일

지은이 | 뮈리엘 바르베리
옮긴이 | 백선희
펴낸이 | 박남주

종이 | 화인페이퍼
인쇄·제본 | 한영문화사

펴낸곳 | (주)뮤진트리
출판등록 | 2007년 11월 28일 제2015-000059호
주소 | 서울시 마포구 토정로 135 (상수동) M빌딩
전화 | (02)2676-7117 팩스 | (02)2676-5261
전자우편 | geist6@hanmail.net
홈페이지 | www.mujintree.com

ⓒ 뮤진트리, 2022

ISBN 979-11-6111-108-7 02860